Une paille
pour deux

Pour Janine et Bernard...
E. S.

MIXTE
Papier issu de
sources responsables
FSC® C022030

© 1998 Éditions Nathan (Paris-France), pour la première édition
© 2011 Éditions NATHAN, SEJER, 25 avenue Pierre de Coubertin, 75013 Paris
pour la présente édition
Loi n° 49-956 du 16 juillet 1949 sur les publications destinées à la jeunesse,
modifiée par la loi n° 2011-525 du 17 mai 2011.
ISBN 978-2-09-253488-5
N° éditeur : 10214159- Dépôt légal : juin 2011
Imprimé en février 2015 par Pollina, Luçon, 85400 - L71322A

ÉRIC SANVOISIN

LE BUVEUR D'ENCRE

Une paille pour deux

Illustrations de Martin Matje

un

Le p'tit buveur d'encre solitaire

Depuis ma rencontre avec Draculivre, le buveur d'encre, je bois les livres. Comment ? Avec une paille !

J'aspire les histoires chapitre par chapitre. C'est délicieux. Quand elles entrent dans ma bouche, elles me chatouillent le bout de la langue. Je sens les goûts de toutes leurs aventures ! Tantôt je suis un pirate sur un fier trois-mâts. Tantôt je navigue dans l'espace à bord d'une fusée. Parfois, je suis un homme. Parfois, je suis un chat.

Avec ma paille, je vis mille vies. Toutes différentes. Toutes passionnantes.

Le seul ennui, c'est que personne ne doit le savoir. Alors je suce les livres en cachette, je sirote l'encre incognito, j'avale les mots en catimini. Quand il fait nuit...

Dommage que je sois si seul et que je ne puisse pas partager ma paille avec quelqu'un.

Papa est libraire. S'il apprenait mon goût pour l'encre des mots, il tomberait en syncope. Car les livres, une fois que je les ai bus, ne comportent plus que des pages blanches. Ils sont devenus illisibles. Invendables. Bons à jeter. Bons à brûler.

Parfois, je bois les vieux livres défraîchis de la bibliothèque municipale. Je récupère aussi ceux dont les gens se débarrassent parce qu'ils prennent trop de place. Mais je n'ose pas trop m'attaquer aux p'tits bouquins de papa. Il y tient comme à la prunelle de ses yeux. Et puis il finirait par avoir des ennuis avec ses clients et par se poser des questions...

Je tremble à l'idée qu'il puisse un jour découvrir mon secret. Toute la famille aurait peur de moi et me montrerait du doigt. Je ne veux pas vivre dans un cimetière comme Draculivre et devenir un vieux buveur d'encre solitaire.

Draculivre, c'est un ancien vampire. Autrefois, il buvait du sang. Et puis il a eu une crise de foie. Depuis, c'est un buveur d'encre. Il dort toujours dans un cercueil mais la lumière du jour ne lui fait plus rien. C'est à cause de ça qu'il m'a mordu. Il est venu à la librairie en plein après-midi... Je ne me suis pas méfié. Avec ses dents, il a écrit son nom sur mon bras : *Draculivre*.

Nous ne nous sommes pas revus depuis. Il m'impressionne un peu. C'est un individu tellement bizarre !

Pourtant, cette nuit, j'irai au cimetière lui poser une grave question :

– M. Draculivre, est-ce que je peux mordre une fille pour qu'elle devienne pareille à moi ?

Pour que mon secret soit le nôtre et que je ne sois plus seul au monde. Enfin, je ne lui expliquerai pas tout ça. Ces détails-là ne le regardent pas.

J'ai peur de sa réponse. Car s'il me
dit non, alors je vais rester célibataire
toute ma vie...

deux

La mort aux trousses

J'AI ATTENDU que mes parents soient couchés pour sortir sur la pointe des pieds. Depuis que je bois de l'encre, je suis devenu léger comme une plume et aussi silencieux qu'une paire de chaussons.

Dehors, il faisait noir. Mais j'ai des yeux de chat, sans doute à cause de tous les livres que j'ai bus et qui parlaient des chats. Pour moi, la nuit est

11

lumineuse. J'y vois presque aussi bien que si les étoiles éclairaient le ciel comme des milliers de lampes de poche.

Je me suis rendu directement au cimetière. Je l'ai traversé en serrant les dents.

C'est fou. Le jour, les pierres tombales ne sont que des monuments ornés de croix et de fleurs. La nuit, elles grincent et se transforment en ombres effrayantes. Je me suis dit : « Tu es un buveur d'encre. Tu ne risques rien. » Mais je n'y croyais pas.

Je suis descendu dans la crypte avec précaution ; les marches étaient glissantes. Arrivé en bas, j'ai fait toc toc sur le mur parce qu'il n'y avait pas de porte. Je ne voulais pas entrer sans prévenir. J'avais déjà essayé une fois et

Draculivre s'était fâché, le fameux jour où tout avait commencé.

Personne ne m'a répondu.

– Y a quelqu'un ? ai-je susurré.

Bizarre. Toutes les bougies de la crypte étaient éteintes. La première fois, il y en avait une en train de brûler. J'ai avancé en aveugle, les bras tendus devant moi. Draculivre était peut-être en vadrouille. Ou alors il dormait pro-fondément.

À tout hasard, j'avais emporté un briquet. Je l'ai allumé. Le cercueil du buveur d'encre se trouvait toujours à la même place, mais vide. Dans le fond de la pièce, son garde-manger était plein de livres. Pourtant, quelque chose clochait. J'ai progressé de quelques pas et j'ai découvert un deuxième cercueil à côté du premier.

Plus bas et plus petit. Un cercueil tout à fait à ma taille.

Une idée épouvantable m'a traversé l'esprit. Draculivre voulait m'adopter ! Comme c'était un mort vivant, il allait me tuer pour que j'habite avec lui dans la crypte. Mais je ne voulais pas quitter mes parents ! Être un petit buveur d'encre stagiaire me convenait très bien.

Horrifié, j'ai reculé. En me retournant un peu vivement, mon bras a heurté le grand cercueil. Il a glissé de son socle, a vacillé un moment au bord du vide avant de basculer et de se fracasser au sol.

J'étais pétrifié. Jamais Draculivre ne me pardonnerait le saccage de sa vieille boîte en bois.

Sans attendre son retour, j'ai jailli de

la crypte comme un boulet de canon.
Je voyais Draculivre partout. J'avais la
mort aux trousses !

trois

Carmilla

Lᴇ ʟᴇɴᴅᴇᴍᴀɪɴ, à l'école, je n'étais pas dans mon assiette. Tout seul à ma table, au fond de la classe, je me suis senti encore plus solitaire que jamais. Je ne pouvais pas raconter mon terrible secret à mes copains, sous peine de devenir un monstre à leurs yeux.

Personne ne pouvait me comprendre, personne sinon un autre buveur d'encre de mon âge...

Dans ma tête, un petit cercueil ricanait. Il semblait dire : « De toute façon, je t'aurai ! Tu ne m'échapperas pas ! »

C'est pourquoi je n'étais pas très attentif aux paroles de la maîtresse, Mme Muzard.

– Odilon ! Range ton cartable, que Carmilla puisse s'installer à côté de toi.

– Hein ? Quoi ?

J'avais complètement oublié que la nouvelle arrivait aujourd'hui. Il fallait qu'elle devienne ma voisine. Ça tombait plutôt mal. Je n'étais disponible pour personne, et encore moins pour une fille. Mon cœur était pareil à une crypte obscure et froide.

En ronchonnant, j'ai libéré la place. Carmilla s'est assise sagement à ma table. J'ai jeté un coup d'œil de son

côté pour voir à quoi elle ressemblait. Elle m'a souri.

J'ai complètement oublié Dracu-livre, le petit cercueil à ma taille et le grand cercueil démantibulé.

Carmilla était plus jolie que la plus jolie fille de l'école. Son sourire était comme un coup de soleil. J'ai touché mon front. Brûlant !

Je n'ai plus écouté une seule parole de Mme Muzard. On devait dessiner une carte de France avec Paris, les grandes villes de province et les prin-cipaux fleuves. Moi, à la place, j'ai tracé un cœur. Carmilla en était la capitale. J'ai ajouté un fleuve, un seul ; évidemment, j'ai choisi celui qui s'appelle Amour.

À la récré, je n'ai pas réussi à lui par-ler mais je ne l'ai pas quittée des yeux.

Quelque chose en elle m'attirait avec la force d'un aimant. Je me sentais comme un morceau de ferraille. C'était inexplicable.

L'ennui, c'est que je n'étais pas le seul prince charmant en lice. Dans la cour, Jonathan lui a fait la cour, Maximilien lui a fait les yeux doux et moi, moi, je n'ai rien fait. J'étais paralysé.

Du coup, j'ai repensé à Draculivre et à la question que j'avais eu l'intention de lui poser à propos des filles. Est-ce que l'une d'entre elles pouvait devenir pareille à moi ?

J'ai décidé de mordre Carmilla, pour voir...

quatre

Qu'est-ce que tu fais si je te mords ?

Le lendemain, au moment de copier les leçons que Mme Muzard avait écrites au tableau... Malheur !

Dans mon cartable, j'ai découvert mon cahier de textes bu aux trois quarts. Les devoirs pour lundi, mardi, jeudi et vendredi avaient purement et simplement disparu. Un avertissement de Draculivre ? Il avait retrouvé ma trace jusqu'à l'école et, bientôt, il allait venir m'y chercher !

Au lieu de penser à Carmilla, j'ai réfléchi au moyen d'échapper au vieux buveur d'encre. Mais je n'en ai trouvé aucun. À moins de déménager très loin d'ici. Comment convaincre mes parents ? Impossible...

– Tu es blanc comme une page de livre. Ça ne va pas ?

C'était la première fois que Carmilla m'adressait la parole. Ça m'a fait chaud dans les oreilles.

J'ai effectué un effort surhumain pour lui sourire. Après tout, j'avais encore une petite chance de lui plaire. Jonathan et Maximilien étaient sur les roses. Carmilla n'avait pas voulu d'eux.

– Je suis amoureux.

– Ah ! Bon alors ce n'est pas grave.

C'est une bonne maladie. Il ne faut surtout pas en guérir.

Elle ne m'a même pas demandé de qui j'étais amoureux. À croire qu'elle s'en fichait.

Alors j'ai joué mon joker. Je n'avais pas le droit à l'erreur.

– Qu'est-ce que tu fais si je t'embrasse ?

En fait, je pensais au fond de moi : « Qu'est-ce que tu fais si je te mords ? »

Malheureusement, la sonnerie de 16 h 30 s'est déclenchée. Carmilla a rangé ses affaires et a foncé vers la sortie comme une bombe. Et ma réponse ?

Je lui ai couru après. Elle n'avait pas le droit de m'abandonner comme ça !

En doublant Jonathan et Maximilien, j'ai ralenti pour qu'ils ne devinent rien. Mais j'étais rouge comme une pivoine.

DRIIING

Ils ont compris que moi aussi j'étais dans les choux. Ils ont ricané après mon passage.

Dans la rue, j'ai juste eu le temps d'apercevoir le manteau de Carmilla disparaître à l'angle d'un immeuble. Cette fille était une fusée ! J'ai mis le turbo parce que j'ignorais où elle habitait. Si je ne la rattrapais pas, j'allais passer un week-end affreux. Je ne la reverrais pas avant lundi.

En sprintant, j'ai réussi à rattraper une partie de mon retard. Carmilla semblait aussi pressée que Cendrillon le soir du bal quand les douze coups de minuit ont sonné.

Où allait-elle donc comme ça ? Je connaissais bien le quartier. Si elle ne s'arrêtait pas, elle allait quitter la ville.

Avant que je puisse la rejoindre, elle a

disparu dans le cimetière. En dépassant les grilles, un frisson a parcouru mon échine. Draculivre n'était pas loin...

J'ai supposé que Carmilla était la fille du terrassier qui gardait le cimetière. Pourquoi serait-elle venue ici sinon ? Je suis donc allé sonner à la porte du gardien. La masure croulait sous le poids des ans. Elle avait au moins trois siècles.

Un vieux monsieur, une cigarette au bec et une vieille casquette râpée en équilibre sur la tête, m'a ouvert. Il était tout tordu.

– C'est pour quoi ?

– Je voudrais voir Carmilla, monsieur. Euh... Elle a oublié quelque chose à l'école !

– Carmilla ? Qui c'est ti ?

J'ai compris qu'elle n'habitait pas

ici. Alors que fabriquait-elle dans ce lieu lugubre ?

– Attends voir. Carmilla, Carmilla... Ça me dit quelque chose. J'en ai peut-être bien une.

Il a saisi son manteau, pris une lampe de poche avant de sortir en claquant la porte. La toiture a tremblé. J'ai fait un saut en arrière. Une tuile est tombée à cinq centimètres de moi.

– C'est rien. Faudrait que j'effectue quelques réparations mais pas le temps. Suis-moi.

Le ciel commençait à s'assombrir...

Mon guide se déplaçait dans les allées comme moi dans mon quartier. Il connaissait tout le monde ici. Il n'arrêtait pas de dire « bonsoir, m'dame », « bonsoir, m'sieur ». Et j'avais l'impression qu'il obtenait parfois des réponses. Il me semblait entendre comme des soupirs.

De dos, il ressemblait à Quasimodo. Il avait une épaule beaucoup plus haute que l'autre. Sa démarche rappelait celle d'un chimpanzé. Comment aurait-il pu être le père de Carmilla ? La nuit, maintenant, était tombée. Je commençais à regretter de l'avoir suivi.

Finalement, il s'est arrêté devant un caveau très beau et très vieux. Je le connaissais bien. C'était là que Draculivre m'avait donné le goût de l'encre, lors de notre première rencontre...

– C'est ici. Carmilla, Carmilla, drôle de prénom...

Avant que j'aie pu dire quoi que ce soit, le gardien avait fait demi-tour et s'éloignait de son pas boiteux. Au bout de l'allée, il a disparu, comme avalé par l'obscurité.

J'ai tourné la tête vers le caveau en forme de bouteille d'encre et je me suis retrouvé nez à nez avec une boîte aux lettres toute neuve. Sur le dessus était collée une étiquette :

Mlle Carmilla
chez M. Draculivre

cinq

Le goût bleu de l'encre des mers du Sud

J'ÉTAIS scié.

Si Carmilla habitait ici, c'est qu'elle était une... Non ! Je ne pouvais pas y croire. C'était donc elle qui avait bu mon cahier de textes ! Cela signifiait aussi que le petit cercueil, au fond de la crypte, lui appartenait.

Tout à coup, j'ai senti une présence derrière moi. Une présence étrange...

La créature qui se tenait dans mon dos sentait le vieux papier et la poussière d'encre.

– Descends, m'a-t-elle ordonné d'une voix sifflante. Carmilla t'attend.

C'était Draculivre.

– Je... je m'excuse pour le cercueil. C'était un accident.

– Descends !

Je me suis enfoncé dans la crypte, les jambes flageolantes. Il est resté dehors. La sortie était condamnée d'avance.

En bas, toutes les bougies étaient allumées. Carmilla m'attendait, assise dans le petit cercueil. À côté, le grand avait été réparé avec des planches et des clous. Elle me regardait. Moi, je ne savais pas quoi dire.

– Tu veux boire quelque chose ?

De sa main, elle m'a montré les livres du garde-manger. J'ai secoué négativement la tête. J'avais la gorge nouée.

– Tu te rappelles la question que tu m'as posée cet après-midi ?

Non. Je ne me souvenais plus de rien. Je me sentais comme une mouche prisonnière d'une toile d'araignée. J'avais chaud. J'avais froid.

Dehors, Draculivre veillait.

Les yeux de Carmilla, comme deux lunes brillantes, étaient fixés sur moi. J'avais chaud. J'avais froid. J'avais tiède...

– Tu voulais m'embrasser. Alors vas-y !

Elle a fermé ses yeux-lunes. Je me suis approché du petit cercueil. Les flammes des bougies dansaient dans les courants d'air, jetant sur ses joues des reflets de porcelaine. Mes chaussures pesaient deux tonnes. Je n'arrivais plus à les soulever.

Carmilla ressemblait à une poupée.

Là-haut, Draculivre attendait.

Ma bouche a frôlé la joue de Carmilla. Elle sentait la fleur d'oranger. Je me suis dit : « Carmilla est un gâteau et je vais la goûter. » Mais elle m'a arrêté.

– Non, pas comme ça. Tu es amoureux ou tu ne l'es pas ?

J'ai rougi, dérouté. À cause de Draculivre qui surveillait là-haut. À cause de Carmilla qui avait tissé sa toile tout autour de moi.

Je l'ai embrassée. Vertige. Ses lèvres avaient le goût bleu de l'encre des mers du Sud. Ensuite, elle m'a mordu afin d'imprimer son prénom sur ma peau.

J'ai regardé mon bras, incrédule.

Il n'y a pas si longtemps, Draculivre m'avait mordu au même endroit pour que je devienne un buveur d'encre. Son nom était resté incrusté dans ma peau comme un tatouage. Mais voilà qu'aujourd'hui, il était en train de s'effacer. À la place, petit à petit, le nom de Carmilla devenait de plus en plus net.

– Pourquoi as-tu fait ça, Carmilla ?

– Pour que tout le monde sache que tu m'aimes !

À ce moment-là, Draculivre est apparu. Il s'est couché en bâillant et s'est endormi instantanément. Carmilla a remonté sa couverture jusqu'à son menton pour qu'il n'ait pas froid.

– C'est mon oncle, m'a-t-elle révélé. Je suis en pension chez lui.

Cette nuit-là, je n'ai pas dormi avec

Carmilla. Son cercueil était trop étroit et la crypte glaciale. Et puis mes parents se seraient inquiétés de ne pas me voir rentrer.

J'ai traversé la ville dans le noir mais le souvenir du goût bleu des lèvres de Carmilla éclairait mon chemin comme en plein jour.

Plus tard, dans mon lit, j'ai rêvé que je ne rêvais pas...

six

Petit déjeuner
en paille-tandem

L E LENDEMAIN, Carmilla et moi, nous avons pris notre petit déjeuner ensemble. Elle avait confectionné une paille à deux embouts pour que nous puissions boire le même livre en même temps.

Quand elle avalait le début d'une phrase, moi j'en dégustais la fin. Quand elle courait dans la prairie parmi les bisons, j'étais essoufflé. Quand elle tombait, je me relevais. Et si le héros embrassait sa fiancée, j'avais le goût des lèvres de Carmilla dans ma bouche.

Nous entamions la page 40 lorsque...

– Hum, hum...

... Draculivre est descendu de son cercueil rafistolé en grognant et nous a regardés avec réprobation. Il n'aimait que les monopailles. C'était un vieil égoïste.

– Où vas-tu, mon oncle ? lui a demandé Carmilla entre deux gorgées d'aventure.

Sans se retourner, il a tonné :

– Chercher un p'tit cercueil pour ton p'tit ami... Comme ça, s'il décide de devenir un buveur d'encre comme les autres, il pourra rester dormir ici. Coucher dans un lit, sous le toit d'une maison moderne, avec le chauffage

central et l'eau courante, quelle hor-
reur ! Cette idée me donne la chair de
poule !

Puis il est sorti.

Alors Carmilla m'a dit :

– Tu sais, moi, dormir dans un p'tit
cercueil ou dans un lit, ça ne me
dérange pas vraiment.

J'ai poussé un soupir de bonheur
avant de commencer un autre livre qui
avait pour titre : *Le buveur d'encre...*

Il était aux petits oignons !

TABLE DES MATIÈRES

Éric Sanvoisin

est un auteur bizarre; il adore sucer l'encre du courrier de ses lecteurs avec une paille. C'est ce qui lui a donné l'idée d'écrire cette histoire. Il est persuadé que ceux qui liront ce livre deviendront ses frères d'encre, comme il existe des frères de sang.

Martin Matje

est un il l u s t r a t e u r

LE BUVEUR D'ENCRE

Éric Sanvoisin | Martin Matje

LE BUVEUR D'ENCRE

Nathan

Éric Sanvoisin | Martin Matje

LE BUVEUR D'ENCRE

Une paille pour deux

Nathan

Éric Sanvoisin | Martin Matje

LE BUVEUR D'ENCRE

La cité des buveurs d'encre

Nathan

Éric Sanvoisin | Martin Matje

LE BUVEUR D'ENCRE

Le petit buveur d'encre rouge

Nathan

Éric Sanvoisin | Olivier Latyk

LE BUVEUR D'ENCRE

La petite buveuse de couleurs

Nathan

Éric Sanvoisin | Olivier Latyk

LE BUVEUR D'ENCRE

Le livre des petits buveurs d'encre

Nathan

Éric Sanvoisin | Olivier Latyk

LE BUVEUR D'ENCRE

Le buveur de fautes d'orthographe

Nathan

Éric Sanvoisin | Olivier Latyk

LE BUVEUR D'ENCRE

Le buveur d'encre qui écrivait des mots d'amour

Nathan

Éric Sanvoisin | Olivier Latyk

LE BUVEUR D'ENCRE

Le buveur de dictionnaires

Nathan

premières romans

Le petit buveur d'encre rouge

Une série écrite par Éric Sanvoisin
Illustrée par Martin Matje

«Carmilla, c'est la petite buveuse d'encre de ma vie. Ensemble, avec une paille-tandem, nous buvons des livres de plus en plus gros et de plus en plus passionnants. Au fur et à mesure que l'encre passe dans notre paille, puis dans notre ventre, les pages deviennent blanches. Il faut sans arrêt trouver de nouveaux livres. Quand on habite sous la bibliothèque la plus grande du monde, ce n'est pas très difficile. En ce moment, nous buvons un énorme bouquin de contes.»

Boire l'encre des livres ensemble, Carmilla et Odilon adorent ça. Jusqu'au jour où ils se font aspirer par un conte!